Saint Nicholas Gets

MW01093434

San Nicolás recibe un abrigo rojo

Written by / Escrito por The Reverend Harold D. Hicks, Jr.

Illustrated by/Ilustrado por Frederick H. Carlson

Translated by/ Traducido por Debra R. Sanchez

All rights reserved. This book or any portion
thereof may not be reproduced, performed or
used in any manner whatsoever without the
express written permission of the publisher or
author except for the use of brief quotations in
a book review.

Copyright © 2024 The Reverend Harold D. Hicks, Jr.

Artwork © 2024 Frederick H. Carlson

Tree Shadow Press

Tree Shadow Press
www.treeshadowpress.com

All rights reserved.

ISBN: 978-1-948894-45-6

A brief introduction to the book

This is a heart-warming tale of a poor farming family situated in the Sierra Region of the Andes mountains in Peru. It is a story of faith, joy, compassion, and kindness. Little Gabriel Diaz brings attention to his life as a child with Down syndrome.

Gabriel was born with a disability that many people might consider to be a gift. Down syndrome makes him a little slower than his friends. Yet, his love for others is not matched by other children his age. It is his love that convinces Mamá and Papá Diaz to adopt a little red alpaca that no one else had desired. He names it Pequeño Rojo, which means "little red one" in Spanish.

Together, they help Bishop Nicholas of Myra while he was visiting during a snowstorm.

~ ~ ~

~ ~ ~

Breve presentación del libro

Esta es la conmovedora historia de una familia campesina pobre situada en la región de la Sierra de los Andes, en Perú. Es una historia de fe, alegría, compasión y bondad. El pequeño Gabriel Díaz llama la atención sobre su vida como niño con síndrome de Down.

Gabriel nació con una discapacidad que mucha gente podría considerar un don. El síndrome de Down le hace un poco más lento que sus amigos. Sin embargo, su amor por los demás no tiene igual en otros niños de su edad.

Es su amor lo que convence a Mamá y Papá Díaz para adoptar un pequeño alpaca rojo que nadie había deseado. Lo llama Pequeño Rojo.

Juntos, ayudan al Obispo Nicolás de Myra mientras estaba de visita durante una tormenta de nieve.

Book Reviews

Just when we were beginning to think that we have had our fill of Christmas books, The Rev. Harold Hicks startles us with a splendid tale of love, hope and God's grace to mankind. Fred Carlson's illustrations serve to boost the enthusiasm and make this a must-read book. ~ *The Rev. Dr. David Grissom*

~ ~ ~

Sometimes writers are told to put more heart into their stories. Harold has definitely put his heart into this story. The people are relatable, and the story is inspiring for adults and children alike. It holds the truth that all things are possible. May this first book be read again and again with expectations of more heartfelt stories to come. ~ *Susie O'Shaughnessy.*

~ ~ ~

What a wonderful story with such beautiful sketches. Rev. Harold Hicks captures the warmth of a poor farming family giving what little they have to care for those in need. It is a most holy story of HOPE and the gift of LOVE. ~ ~*Rev. Mike Wurschmidt*

Reseñas del libro

Justo cuando empezábamos a pensar que ya estábamos hartos de libros navideños, el reverendo Harold Hicks nos sorprende con una espléndida historia de amor, esperanza y la gracia de Dios a la humanidad. Las ilustraciones de Fred Carlson contribuyen a aumentar el entusiasmo y hacen de éste un libro de lectura obligada. ~ *Rev. Dr. David Grissom*

~ ~ ~

A veces se dice a los escritores que pongan más corazón en sus historias. Harold ha puesto definitivamente su corazón en esta historia. La gente es identificable y la historia es inspiradora tanto para adultos como para niños. Contiene la verdad de que todo es posible. Que este primer libro se lea una y otra vez con la esperanza de que vengan más historias llenas de corazón. ~ *Susie O'Shaughnessy*

~ ~ ~

Qué historia tan maravillosa con unos dibujos tan hermosos. El Reverendo Harold Hicks capta la calidez de una familia de campesinos pobres que dan lo poco que tienen para atender a los necesitados. Es una historia santísima de ESPERANZA y del don del AMOR. ~ *Rev. Mike Wurschmidt*

Our story begins in the Sierra Region, the mountainous area of Peru.
This region is home to many poor farmers.
Many families live high in the mountains, some 15,000 feet above sea level.

Nuestra historia comienza en la región de la Sierra, la zona montañosa de Perú.
En esta región viven muchos campesinos pobres.
Muchas familias viven en lo alto de las montañas,
a unos 4.500 metros sobre el nivel del mar.

Here we meet Mamá and Papá Diaz and their young son, Gabriel,
which means "God is my strength."

Aquí conocemos a Mamá y Papá Diaz y a su hijo pequeño, Gabriel,
que significa «Dios es mi fuerza».

The Diazes named their son Gabriel because, since birth,
he was different than most children.

Los Díaz llamaron a su hijo Gabriel porque, desde que nació,
era diferente a la mayoría de los niños.

Young Gabriel was born with Down syndrome.

El pequeño Gabriel nació con síndrome de Down.

Like many poor families in the region, Papá Diaz was a farmer.
He grew maize and potatoes.

Como muchas familias pobres de la región, Papá Díaz era agricultor.
Cultivaba maíz y papas.

The region did not have many markets to sell their crops,
and Papá Diaz would have to travel many miles to the market.

La región no tenía muchos mercados donde vender sus cosechas,
y Papá Diaz tenía que recorrer muchos kilómetros hasta el mercado.

Papá relied on the family's alpaca to carry
the heavy load to the market.

Papá confiaba en la alpaca de la familia para llevar
la pesada carga hasta el mercado.

Alpacas are sure-footed and can carry heavy loads
for long distances in the mountain terrain.

Las alpacas tienen pies seguros y pueden transportar cargas pesadas
durante largas distancias en el terreno montañoso.

To support the family, Mamá Diaz knitted blankets, sweaters, hats, gloves, and scarves from alpaca wool to be sold at market.

Para mantener a la familia, Mamá Díaz tejía mantas, jerséis, gorros, guantes y bufandas con lana de alpaca que vendía en el mercado.

Gabriel liked going to the market.

He played with friends and visited with the alpacas in the pen.

A Gabriel le gustaba ir al mercado.

Jugaba con sus amigos y visitaba a las alpacas en el corral.

One year, the family alpaca was getting old and
wasn't able to carry the family's goods to market.
It was time to get another alpaca.

Un año, la alpaca de la familia se estaba haciendo vieja y
no era capaz de llevar los productos de la familia al mercado.
Era hora de conseguir otra alpaca.

Papá Diaz gathered up Gabriel and took him to the Alvarez Alpaca Ranch.
Gabriel was so excited.

Papá Díaz recogió a Gabriel y se lo llevó al rancho de alpacas Álvarez.
Gabriel estaba muy emocionado.

While Papá Diaz checked out the biggest and strongest young alpaca, Gabriel explored the ranch.

Mientras Papá Díaz echaba un vistazo a la alpaca joven más grande y fuerte, Gabriel exploraba el rancho.

Gabriel found a small, red-coated alpaca
locked away from the rest of the ranch.
He ran to the rancher and asked, "Why?"

Gabriel encontró una pequeña alpaca de pelaje rojo
encerrada lejos del resto del rancho.
Corrió hacia el ranchero y le preguntó: «¿Por qué?».

The rancher explained that he was too small, and
his red coat would attract dangerous wild animals.

El ranchero le explicó que era demasiado pequeño y
que su pelaje rojo atraería a animales salvajes peligrosos.

That night, Gabriel couldn't stop thinking about the little red alpaca.
He knew that they shared something in common.
Some of the children at the market wouldn't
play with him because he was different.

Aquella noche, Gabriel no podía dejar de pensar en la pequeña alpaca roja.
Sabía que tenían algo en común.
Algunos de los niños del mercado no querían
jugar con él porque era diferente.

The next morning, Gabriel pleaded with his Mamá and Papá
to go back and get the little red alpaca.
He explained how much they were alike.
Mamá agreed and Papá returned to get the little alpaca.

A la mañana siguiente, Gabriel suplicó a su mamá y a su papá
que volvieran a por la pequeña alpaca roja.
Les explicó lo mucho que se parecían.
Mamá accedió y Papá volvió a por la alpaca.

Gabriel named his new friend Pequeño Rojo,
which means "Little Red One" in Spanish.
He promised to take care of him, and they grew up together.

Gabriel llamó a su nuevo amigo Pequeño Rojo.
Prometió cuidar de él y crecieron juntos.

Every year, a Catholic Cardinal from Turkey would visit the poor villages of the Sierra region of Peru. One year, he asked Bishop Nicholas from the ancient Greek town of Myra to join him.

Todos los años, un cardenal católico de Turquía visitaba las aldeas pobres de la región de la Sierra de Perú. Un año, pidió al Obispo Nicolás, de la antigua ciudad griega de Myra, que le acompañara.

Bishop Nicholas was known throughout Myra for bringing gifts to the poor.
He even sent money down a chimney as a dowry so that
a daughter of a poor man could get married.

El obispo Nicolás era conocido en toda Myra por llevar regalos a los pobres.
Incluso envió dinero por una chimenea como dote para que
la hija de un pobre pudiera casarse.

Bishop Nicholas, as he was known, traveled between villages
in a wagon pulled by a royal alpaca.
He would leave the children gifts in their stockings in each village.

El Obispo Nicolás, como era conocido, viajaba entre los pueblos
en una carreta tirado por una alpaca real.
En cada pueblo dejaba regalos a los niños en sus calcetines.

One year a violent snowstorm came up quickly and the wagon was stuck in the snow miles away from the nearest village.

Un año se desató rápidamente una violenta tormenta de nieve y la carreta quedó atrapada en la nieve a kilómetros de distancia del pueblo más cercano.

The Bishop's alpaca left him to go and find help.
He came to the village where Gabriel and his family lived.

La alpaca del obispo le dejó para ir a buscar ayuda.
Llegó al pueblo donde vivían Gabriel y su familia.

He was not successful in finding help until he came upon Pequeño Rojo. Immediately, the little red alpaca burst out of his pen and followed the royal alpaca until they reached Bishop Nicholas.

No consiguió encontrar ayuda hasta que se topó con Pequeño Rojo. Inmediatamente, el pequeño alpaca rojo salió de su corral y siguió al alpaca real hasta que llegaron al Obispo Nicolás.

Pequeño Rojo and the royal alpaca laid their bodies against the Bishop
to keep him warm through the night.

Pequeño Rojo y la alpaca real recostaron sus cuerpos contra el obispo
para mantenerlo caliente durante la noche.

In the morning, Gabriel went to check on Pequeño Rojo
and found his pen open and he was nowhere to be found.

Por la mañana, Gabriel fue a ver a Pequeño Rojo
y encontró su corral abierto y no estaba por ninguna parte.

He ran for his papá.

Papá and a friend set out to look for him.

They were able to follow the two trails made in the deep snow.

Corrió en busca de su papá.

Papá y un amigo salieron en su busca.

Pudieron seguir los dos senderos hechos en la nieve profunda.

It wasn't long before they found Bishop Nicholas
and brought him to their house to care for him.

No tardaron en encontrar al Obispo Nicolás
y lo llevaron a su casa para cuidarlo.

Mamá Diaz was so concerned.
She decided right then to knit a coat and a hat
for the Bishop from the wool of Pequeño Rojo.

Mamá Díaz estaba muy preocupada.
Decidió entonces tejer un abrigo y un gorro para el obispo
con la lana de Pequeño Rojo.

He was so small that she needed to trim the garments
with the white wool from the royal alpaca.

Era tan pequeño que necesitó recortar las prendas
con la lana blanca de la alpaca real.

The villagers were so proud of Gabriel and his little red alpaca.
They celebrated with a feast of maize and potatoes.

Los aldeanos estaban muy orgullosos de Gabriel y su pequeña alpaca roja.
Lo celebraron con un festín de maíz y papas.

And that is how Saint Nicholas got his red coat.
Today, all of Saint Nicholas' coats and hats are made
from the wool of the Diaz Family Alpaca Ranch and
the wool of generations of Pequeño Rojo's offspring.

Y así es como San Nicolás consiguió su abrigo rojo.
Hoy en día, todos los abrigos y sombreros de San Nicolás se confeccionan
con la lana del rancho de alpacas de la familia Díaz y con
la lana de generaciones de crías de Pequeño Rojo.

Some Historic Notes of Interest About this tale of St. Nicholas

This fable shows that Nicholas not only loved but was loved by people. This humble bishop is known today as the saint of children. He helped little ones every chance he could. Once, he rescued three boys from an evil fishmonger. He secretly filled the stockings of three young women with gold so they could live happy lives.

In the southern hemisphere of the earth, the seasons are the opposite of those in the northern hemisphere. June, July, and August are the winter months. So, when St. Nicholas visited young Gabriel and his neighbors in this tale, it would most likely have been in late June.

At Christmas time in Peru, the weather is mostly wet and rainy with low temperatures around 59 degrees Fahrenheit (15 degrees Celsius). However, Nicholas continued to travel throughout the world, and when it was cold, he snuggled into the red coat made for him by Senora Diaz.

These days, children recognize the jolly saint by his warm, red coat trimmed in white, and he travels the world at Christmas time to share joy.

~ ~ ~

Algunas notas históricas de interés sobre este cuento de San Nicolás

Esta fábula demuestra que Nicolás no sólo amaba, sino que era amado por la gente. Este humilde obispo es conocido hoy como el santo de los niños. Ayudaba a los pequeños siempre que podía. Una vez rescató a tres niños de un malvado pescadero. En secreto, llenó de oro las medias de tres jóvenes para que pudieran vivir felices.

En el hemisferio sur de la Tierra, las estaciones son opuestas a las del hemisferio norte. Junio, julio y agosto son los meses de invierno. Así pues, cuando San Nicolás visitó al joven Gabriel y a sus vecinos en este cuento, lo más probable es que fuera a finales de junio.

En la época de Navidad en Perú, el tiempo es sobre todo húmedo y lluvioso, con temperaturas bajas en torno a los 59 grados Fahrenheit (15 grados Celsius). Sin embargo, Nicolás siguió viajando por todo el mundo y, cuando hacía frío, se acurrucaba en el abrigo rojo que le había hecho la señora Díaz.

Hoy en día, los niños reconocen al alegre santo por su cálido abrigo rojo ribeteado de blanco, y recorre el mundo en Navidad para repartir alegría.

Acknowledgements

Thank you to all of the many faithful people in my life who have encouraged me to complete this story and to honor the commitment I made to my wife of 45 years, Patti A. Hicks. Her battle with cancer showed me the importance of following your dreams and living life to the fullest while trusting in the Lord. I am thankful to my extended family in Zaria, Nigeria that have shared the belief that faith will foster success. Thank you to the many players and their families in the Miracle League of Western PA that have shared their lives with me and provided an inspiration for including a person with special needs in my story. Those families will always be a part of my life.

I want to thank my children, Tiffanie Hicks and Matthew Hicks, for supporting me as I worked through the manuscript. Thanks to my four grandchildren for listening to my story, and for their constant support and love as I take on many projects. They have always believed that if I set my mind to what my heart was calling me to do that, I would see it through.

Linda Kay Hauger is a blessing in my life as she has made this dream become a reality after 15 years of writing and research through her unyielding encouragement.

A special thank you to Frederick Carlson who brought this story to life through his remarkable illustrations.

Most importantly, I give thanks to my God who helped me to envision the location and the characters that are key to this story. ~ *The Reverend Harold D. Hicks, Jr.*

~ ~ ~

Agradecimientos

Gracias a todas las personas fieles en mi vida que me han animado a completar esta historia y a honrar el compromiso que hice con mi esposa de 45 años, Patti A. Hicks. Su batalla contra el cáncer me mostró la importancia de seguir tus sueños y vivir la vida al máximo mientras confías en el Señor. Estoy agradecido a mi extensa familia de Zaria, Nigeria, que ha compartido la creencia de que la fe fomentará el éxito. Gracias a los muchos jugadores y sus familias de la Miracle League of Western PA que han compartido sus vidas conmigo y me han servido de inspiración para incluir a una persona con necesidades especiales en mi historia. Esas familias siempre formarán parte de mi vida.

Quiero dar las gracias a mis hijos, Tiffanie Hicks y Matthew Hicks, por apoyarme mientras trabajaba en el manuscrito. Gracias a mis cuatro nietos por escuchar mi historia y por su apoyo y cariño constantes cuando me embarco en muchos proyectos. Siempre han creído que si me proponía hacer lo que mi corazón me pedía, lo llevaría a cabo.

Linda Kay Hauger es una bendición en mi vida, ya que ha hecho realidad este sueño tras 15 años de escritura e investigación gracias a su inquebrantable ánimo.

Un agradecimiento especial a Frederick Carlson, que ha dado vida a esta historia con sus extraordinarias ilustraciones.

Y lo que es más importante, doy gracias a mi Dios, que me ayudó a imaginar el lugar y los personajes que son clave en esta historia. ~ *El Reverendo Harold D. Hicks, Jr.*

About the Author

The Reverend Harold D. Hicks, Jr. is a priest in the Anglican Church of North America, in the Diocese of Pittsburgh, PA. He is the Priest-in-Charge at Trinity Anglican Church in Patton, PA. Throughout his spiritual life, he has always valued working with children. For over 12 years he worked with people between the ages of 5 and 71 with a wide variety of developmental, intellectual, emotional, and physical disabilities. They have transformed his life in a cheerful way.

He is a professional engineer with a specialty in fire protection engineering. He has spent his life helping other people in crisis. With over 24 years of volunteer firefighting experience, he has seen the good and bad in life and has witnessed the love poured out in communities for support of others.

He has been a member of Rotary International and through his commitment to "Service Above Self," he has helped itinerant farmers in northern Nigeria to improve healthcare provisions through donations of equipment and an emergency generator for the hospital.

All of his life experiences have influenced the creation of this story.

~ ~ ~

Sobre el autor

El Reverendo Harold D. Hicks, Jr. es sacerdote de la Iglesia Anglicana de Norteamérica, en la Diócesis de Pittsburgh, PA. Es el Sacerdote Encargado de la Iglesia Anglicana de la Trinidad en Patton, PA. A lo largo de su vida espiritual, siempre ha valorado el trabajo con niños. Durante más de 12 años trabajó con personas de entre 5 y 71 años con una amplia variedad de discapacidades de desarrollo, intelectuales, emocionales y físicas. Ellos han transformado su vida de una manera alegre.

Es ingeniero profesional especializado en ingeniería de protección contra incendios. Ha pasado su vida ayudando a otras personas en crisis. Con más de 24 años de experiencia como bombero voluntario, ha visto lo bueno y lo malo de la vida y ha sido testigo del amor que se derrama en las comunidades para ayudar a los demás.

Ha sido miembro de Rotary International y, gracias a su compromiso de «Dar de Sí antes de Pensar en Sí», ha ayudado a agricultores itinerantes del norte de Nigeria a mejorar las prestaciones sanitarias mediante donaciones de equipos y un generador de emergencia para el hospital.

Todas sus experiencias vitales han influido en la creación de esta historia.

About the Illustrator

Illustrator Frederick H. Carlson grew up in Connecticut and attended Carnegie Mellon University graduating in 1977 with a degree in Design. Fred has been a self-employed freelancer for over 40 years. He is one of the most well-known artist/illustrators in the mid-Atlantic market having completed works as large as room-sized murals and as small as one of his 400 music packaging covers. His awards have included two acceptances into the NY Society of Illustrators Annual Exhibition. Fred's recent book project, completed in late 2021, *America and the Holocaust* has been publicized in the *Times of Israel* and the *Jewish Chronicle*. His recent 40-Year Retrospective Show was exhibited at CCAC/Boyce Gallery. He currently serves the Pittsburgh Society of Illustrators as Treasurer and New Member Contact. Fred's illustration is permanently installed at the Smithsonian/National Zoo in Washington DC, Cleveland Metroparks Zoo, and Moraine State Park Jennings Education Center. He has illustrated two children's book projects, *The Christmas Book of Hope* and *The Little Book of Hope*. Fred has exhibited his Bill Monroe American Traveler CD cover for two years at the International Bluegrass Music Museum in Owensboro, KY. His CD cover Stop & Listen for the Mississippi Sheiks is permanently exhibited at the Blues Foundation Hall of Fame Museum in Memphis, TN.

www.carlsonstudio.com

~ ~ ~

Sobre el ilustrador

El ilustrador Frederick H. Carlson creció en Connecticut y estudió en la Universidad Carnegie Mellon, donde se licenció en Diseño en 1977. Fred lleva más de 40 años trabajando por cuenta propia. Es uno de los artistas/ilustradores más conocidos del mercado del Atlántico medio, y ha realizado obras tan grandes como murales de tamaño de una habitación o tan pequeñas como una de sus 400 portadas de envases de música. Entre sus premios se incluyen dos participaciones en la exposición anual de la Sociedad de Ilustradores de Nueva York. El reciente proyecto de libro de Fred, terminado a finales de 2021, *América y el Holocausto*, se ha publicado en el *Times of Israel* y en el *Jewish Chronicle*. Su reciente exposición retrospectiva de 40 años se exhibió en CCAC/Boyce Gallery. Actualmente trabaja en la Sociedad de Ilustradores de Pittsburgh como Tesorero y Contacto de Nuevos Miembros. Las ilustraciones de Fred están instaladas permanentemente en el Smithsonian/National Zoo de Washington DC, en el Cleveland Metroparks Zoo y en el Moraine State Park Jennings Education Center. Ha ilustrado dos proyectos de libros infantiles, *The Christmas Book of Hope* y *The Little Book of Hope*. Fred ha expuesto la portada de su CD Bill Monroe American Traveler durante dos años en el International Bluegrass Music Museum de Owensboro, KY. La carátula de su CD Stop & Listen for the Mississippi Sheiks está expuesta permanentemente en el Blues Foundation Hall of Fame Museum de Memphis, TN.

www.carlsonstudio.com

About the Translator

Debra R. Sanchez has moved over thirty times...so far. She earned her B.A. in communications and writing from Westminster College. She and her husband have three adult children and seven grandchildren…so far.

She teaches writing workshops, provides writing coaching, and hosts writing retreats.

She also is a freelance editor and a translator of a wide variety of topics, including numerous books.

She is the exclusive translator for Tree Shadow Press. Their Spanish language books can be found in the "Libros en Español" page of Tree Shadow Press. https://www.treeshadowpress.com

Her writing has won awards in numerous genres, including children's stories, poetry, fantasy, fiction, and creative nonfiction. Several of her plays and monologues have been produced and published. Her other works have been published in , anthologies, newspapers, and literary magazines.

For more information, visit her webpage: www.debrarsanchez.com

~ ~ ~

Sobre la traductora

Debra R. Sanchez se ha mudado más de treinta veces... hasta ahora. Es licenciada en Comunicación y Escritura por el Westminster College. Ella y su marido tienen tres hijos adultos y siete nietos...hasta ahora.

Ella ofrece talleres de escritura, asesora a escritores y organiza retiros de escritura.

También es editora independiente y traductora de una amplia variedad de temas, incluyendo numerosos libros. Ella es la traductora exclusiva de Tree Shadow Press. Los libros en español de Tree Shadow Press pueden encontrarse en la página "Libros en Español" de Tree Shadow Press. https://www.treeshadowpress.com

Sus obras han sido premiadas en varios géneros: cuentos infantiles, poesía, fantasía, ficción y no ficción creativa. Varias de sus obras de teatro y monólogos han sido producidas y publicadas. Sus otras obras se han publicado en revistas literarias, periódicos y antologías.

Para más información, visite su página web: www.debrarsanchez.com

Made in the USA
Middletown, DE
04 December 2024

66088625R00024